新经典文化股份有限公司
www.readinglife.com
出 品

好多好多好吃的

# 草 莓

[日] 平山和子 著绘  丁虹 译  新星出版社 NEW STAR PRESS

"我是草莓。"

"我也是草莓。"

"我也是草莓。"

3

"草莓在哪里呢？"

"等到天气转暖的时候，草莓就会结下果实了。

在这之前，让我们耐心等着吧。"

"天气能不能快点儿转暖呢？"

"天气能不能快点儿转暖呢？"

"天气已经转暖了，草莓还没长出来吗？"

"还要等一等哦，

现在，才刚刚长出花蕾来。"

9

"开花了！很快就会

长出草莓来喽！"

"啊，有很小的草莓长出来了！"

"很快就会长大哟！"

"草莓长大了！"

"这时候还很酸哦！"

"草莓变甜了吗？"

"还要稍微等一等。希望明天会变得更加红，更加甜……"

"通红的草莓啊！已经甜了吗？"

"是的，久等了！赶快吃吧！"

"来，请吧！"

"来，请吧！"

"很甜的哦，大家赶快来吧！"

"来啊，请大家吃吧！"

20

"来，请吧！"

"看起来真好吃啊！

　　谢谢啦！"

"我要开始吃了！"

ICHIGO (A Story of Strawberry)
Text & illustrations © Kazuko Hirayama 1984
Originally Published by FUKUINKAN SHOTEN PUBLISHIERS, INC., Tokyo, 1984
Simplified Chinese translation rights arranged with
FUKUINKAN SHOTEN PUBLISHIERS, INC., Tokyo.
through DAIKOUSHA INC., KAWAGOE.
All rights reserved.
著作版权合同登记号：01-2012-8198

**图书在版编目（CIP）数据**

好多好多好吃的. 草莓／（日）平山和子著、绘；
丁虹译. —— 北京：新星出版社，2022.1
ISBN 978-7-5133-4678-8

Ⅰ．①好… Ⅱ．①平… ②丁… Ⅲ．①儿童故事－图
画故事－日本－现代 Ⅳ．① I313.85

中国版本图书馆 CIP 数据核字 (2021) 第 195609 号

好多好多好吃的（全 3 册）

[日] 平山和子 著绘

丁虹 译

**责任编辑** 汪 欣
**特约编辑** 熊 英 屈佳颖
**封面设计** 王小喆
**内文制作** 田晓波
**责任印制** 李珊珊 万 坤

**出 版** 新星出版社 www.newstarpress.com
**出 版 人** 马汝军
**社 址** 北京市西城区车公庄大街丙 3 号楼 邮编 100044
电话 (010)88310888 传真 (010)65270449
**发 行** 新经典发行有限公司
电话 (010)68423599 邮箱 editor@readinglife.com
**法律顾问** 北京市岳成律师事务所

**印 刷** 北京富诚彩色印刷有限公司
**开 本** 889mm×1340mm 1/24
**印 张** 3.5
**字 数** 9千字
**版 次** 2022年1月第一版 2022年1月第一次印刷
**书 号** ISBN 978-7-5133-4678-8
**定 价** 59.00元（全3册）

新经典文化股份有限公司
www.readinglife.com
出 品

好多好多好吃的

# 水 果

[日] 平山和子 著绘　丁虹 译　新星出版社 NEW STAR PRESS

西瓜

来，吃吧！

桃子

来，吃吧！

葡萄

来，吃吧！

梨

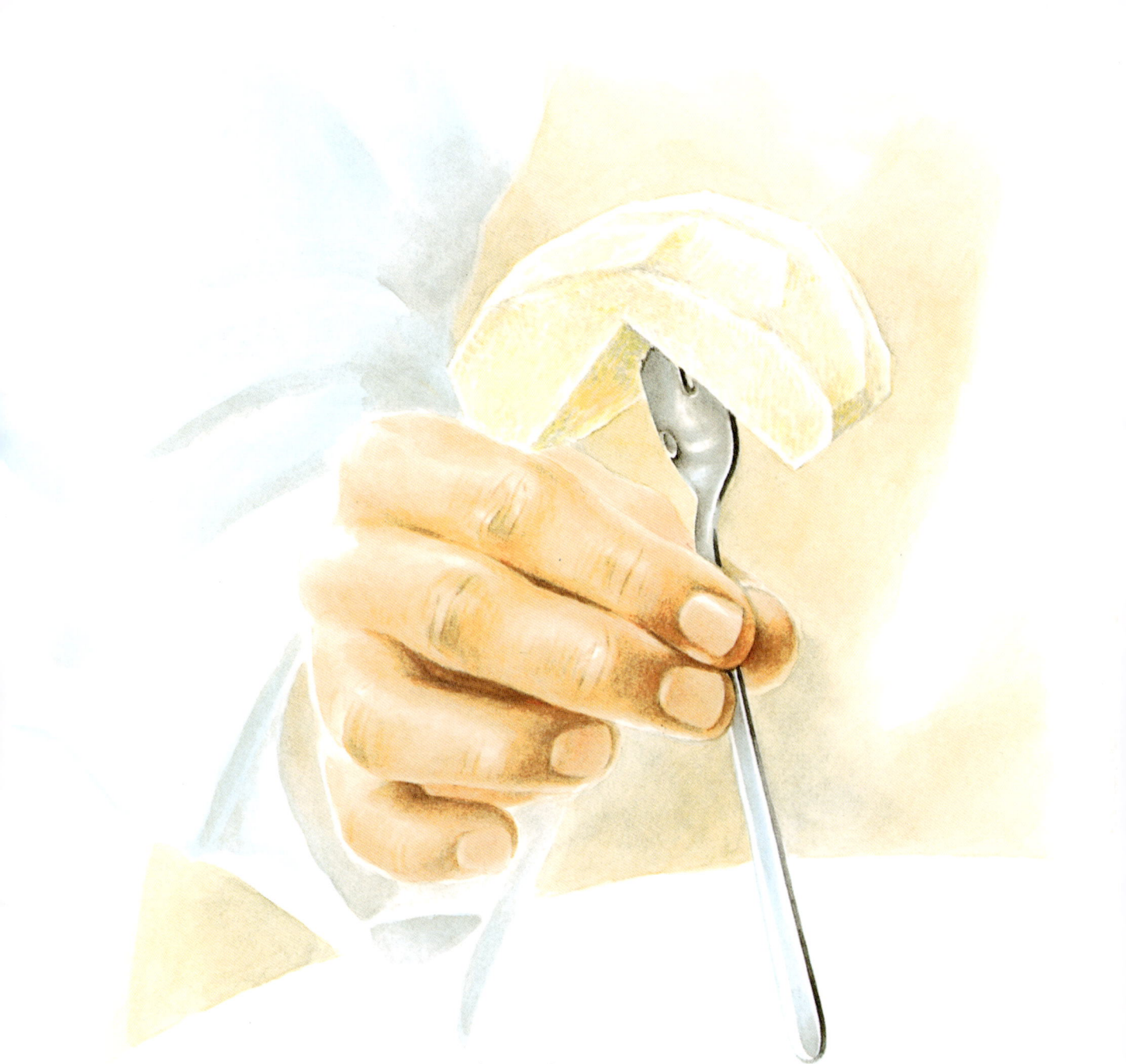

来，吃吧！

苹果

来，吃吧！

栗子

来，吃吧！

柿子

来，吃吧！

橘子

来，吃吧！

草莓

来，吃吧！

香蕉

来，吃吧！

香蕉皮，会扒吗？

扒得真好啊！

KUDAMONO (Fruits)
Text & illustrations © Kazuko Hirayama 1979
Originally Published by FUKUINKAN SHOTEN PUBLISHIERS, INC., Tokyo, 1979
Simplified Chinese translation rights arranged with
FUKUINKAN SHOTEN PUBLISHIERS, INC., Tokyo.
through DAIKOUSHA INC., KAWAGOE.
著作版权合同登记号：01-2012-8199

**图书在版编目（CIP）数据**

好多好多好吃的 . 水果 ／（日）平山和子著、绘 ；
丁虹译 . —— 北京 ：新星出版社，2022.1
ISBN 978-7-5133-4678-8

Ⅰ . ①好… Ⅱ . ①平… ②丁… Ⅲ . ①儿童故事－图
画故事－日本－现代 Ⅳ . ① I313.85

中国版本图书馆 CIP 数据核字 (2021) 第 195605 号

新经典文化股份有限公司
www.readinglife.com
出 品

好多好多好吃的

# 蔬 菜

[日]平山和子 著绘　丁虹译　　新星出版社　NEW STAR PRESS

长在地里的白萝卜。

摆放到蔬菜店里了。

胖嘟嘟的白萝卜哦！

长在地里的卷心菜。

6

摆放到蔬菜店里了。

好嫩的卷心菜哦！

长在地里的西红柿。

摆放到蔬菜店里了。

新摘的西红柿哦!

长在地里的菠菜。

14

摆放到蔬菜店里了。

很好吃的菠菜哦！

长在地里的红薯。

摆放到蔬菜店里了。

好甜的红薯哦！

红

把它做成烤红薯，

"我要开始吃了！"

YASAI （Vegetables）
Text & illustrations © Kazuko Hirayama 1977
Originally Published by FUKUINKAN SHOTEN PUBLISHIERS, INC., Tokyo, 1977
Simplified Chinese translation rights arranged with
FUKUINKAN SHOTEN PUBLISHIERS, INC., Tokyo.
through DAIKOUSHA INC., KAWAGOE.
著作版权合同登记号：01-2012-8202

图书在版编目（CIP）数据

好多好多好吃的．蔬菜／（日）平山和子著、绘 ；
丁虹译．-- 北京：新星出版社，2022.1
ISBN 978-7-5133-4678-8

Ⅰ．①好… Ⅱ．①平… ②丁… Ⅲ．①儿童故事－图
画故事－日本－现代 Ⅳ．① I313.85
中国版本图书馆 CIP 数据核字 (2021) 第 195606 号